暢銷心靈經典・木刻版畫珍藏版

樹的男人

L'homme qui plantait des arbres

讓・紀沃諾－著　邁克爾・馬可蒂－繪　邱瑞鑾 譯
JEAN GIONO　MICHAEL MCCURDY

目錄

《種樹的男人》描寫的並不是一個神祕不可解的現象，它昭示了人類存在的事實：在被破壞與退化的自然環境下，人類也無法共存。

我們是一群「沒有執照的種樹人」，和書中主角一樣，我們找到種子、將它們種入土裡。至今，我們發起的「綠帶運動」已經在肯亞、非洲陸續種下了三千萬棵樹，它和本書都傳遞了一個重要的訊息：你不需要任何正式授權就能帶來改變，每個人都能為母親地球盡一份力量。

《種樹的男人》是一個啓發我們愛護自然、無悔付出的動人故事，這正是今日人類社會最需要重視的價值。這本書也展現出，只要我們開始關心自己身處的環境、動手綠化枯荒之地，便會有美好的事發生。

——諾貝爾和平獎得主、綠帶運動創辦人
萬格麗・瑪薩伊（Wangari Maathai）

第一部

種樹的男人

要看一個人是不是眞的品行出眾，就得有好運氣能持續觀察他的作爲數年之久。如果他的行爲不帶私心，全然是出於無比的慷慨，心中絕對沒有存著回報的念頭，而且還在大地上留下具體可見的印記，說這樣一個人品行出眾，大概就錯不了。

約四十幾年前，我在阿爾卑斯山這座深入普羅旺斯的古老山區裡，於遊客所不知的高地健行。

這個區域的東南方和南方是以迪朗斯河中游爲界，介於西斯特龍鎭和米拉博鎭之間；在北方是以德羅姆河上游爲界，從河川的源頭直到迪耶鎭；在西方是以孔達·維內參的高原以及蒙度山的山梁爲界。它包括了整個下阿爾卑斯山省的北部地區、德羅姆河南部，以及孤立在沃克呂斯縣內的一小區。

我在這片標高一千兩百到一千三百公尺的荒野中健行時，當時的景象單調而光禿。滿地只見野生的薰衣草。

我橫跨這片高原，在走了三天之後，發現自己處於極度荒蕪的地帶。我在一處無人煙的村子廢墟中搭起帳棚。自前一天晚上，我就沒有水可飲，必須找到水源才行。這些一落落的屋舍，雖然是廢墟，卻像是老蜂窩一樣促擁在一起，我不禁想這裡過去應該有一道流泉，或是一口井。

果眞有一道流泉，但是已經乾枯。五六間屋舍在風吹雨淋下都沒了屋頂，有座小教堂的鐘樓已經傾頹，但屋舍、教堂還是屹立著，一如這裡還有人居住時，但如今，此地已然沒有生命的跡象。

雖然是六月，驕陽正豔，可是在這片毫無綠樹遮掩的土地上，

頂著高空，風勢猛而烈，刮得讓人受不了。風隆隆的吹襲著這些殘破的屋舍，就像野獸吃東西受到了打擾而發出吼叫。

我不得不拆了帳棚。又繼續走了五個小時，我還是沒找到水，甚至看不出來有找得到水的希望。到處都是一樣的乾涸，一樣的木本野草。我好像看見了遠處有個小小的黑影，立著。我心想那是一棵孤伶伶的樹。我不意之間走向它，才發現那是一位牧羊人。他身邊有三十幾隻綿羊躺臥在炙熱的地上。

他把水壺裡的水給我喝，不久，他帶我到他在起伏高原中的住處去。他從一個天然的洞口裡汲水，洞很深，水質甘冽，他在這個洞口上側安置了一個簡陋的轆轤。

這個人話很少。慣常獨居的人常是這樣。但是可以感覺到他很

自信，堅定自若。在這個一無所有的荒涼之地，這眞是一場奇遇。他並不是住在木棚子裡，他有一間用石頭砌的眞正房子，看得出來他在來到高原以後，如何用他個人的方式來修建在這找到的廢棄石屋。

屋頂很堅固，而且不滲水。風刮來，瓦片會發出大海湧上海灘的聲音。

房裡收拾得很整齊，餐盤洗了，地板掃了，他的槍也上了油；一鍋湯正在火爐上滾著。我這時也注意到他鬍子刮得乾乾淨淨，衣服上的扣子縫得牢牢的，衣服補綴的地方都縫得密密實實，看不出來補過的痕跡。

他請我喝湯，我遞給他煙草袋，他說他不抽煙。他的狗跟他一

樣安安靜靜，友善但不卑屈。

我一到這裡就意識到得在這裡過夜；離這裡最近的村子尚且要走上一天半。再說，我對這個區域零星的幾個村子熟悉得很。有四、五個距離頗遠的小村莊散落在這高地的山坡上，分別座落在道路尾端的白橡樹林間，彼此遙遙相望。這些村莊裡住著幾個伐木工人，他們將木材製爲木炭。住在這樣的地方，生活不免艱困。這裡冬夏氣候皆嚴酷，幾戶人家挨挨蹭蹭的擠在一起，使得與世隔絕的村人顯得更爲自私自利。逃離此地的慾望時時在村人心底翻攪。

男人每天就是開著小貨車把木炭載到城裡去，然後再開回家來。即使性情再好的人也禁不起這樣永無止境的折磨。女人則滿心是積怨。

在這裡凡事都會引起口舌之爭，從木炭的販售爭到教堂的座位，品德的高尚要爭，道德之惡也要爭，而且對善惡的爭議更是無休無止。尤其，這裡的風也是無休無止的颳著人的神經。自殺像是會傳染似的，一例接著一例；更有不少人瘋了，往往釀成死亡的悲劇。

牧羊人去找來一個小袋子，在桌上倒出了一堆橡實。他仔仔細細的一個一個檢查，把好的橡實挑出來。我抽著煙斗。我說我可以幫他忙。他說他自己來就行。事實上，看他這麼細心的工作，我並沒有堅持插手。我們的交談止於這裡。他把好橡實挑出一堆來以後，便十個十個數著。同時，他又就近細察，淘汰了橡實太小的和有輕微裂紋的。他挑出了一百個完美的橡實後便停手，然後我們各自上床。

和這位牧羊人在一起，真是寧靜平和。第二天，我請求他再讓我住上一夜。在他來說我的請求很自然，或者更準確的說，他讓我覺得什麼都不會打擾他，他對一切處之安然。再住一夜並不是絕對必須的，但我爲好奇心驅使，想要對他多瞭解一點。他把羊趕出羊圈，領著牠們到放牧地吃草。在離開前，他把昨夜那個小袋子，連同裡面精挑細選的一百顆橡實，浸到一桶水中，然後才背著袋子走了。

我注意到他身上帶了一根一公尺半長、約拇指般粗的鐵棒。我沿著一條與他平行的小徑，安步當車的散著步。羊群的放牧地是一片谷地。他讓牧羊犬看守羊群，他自己則朝著我所在的地方走上來。我以爲他是過來要求不識相的我離開，實際上卻不是如此，他本來就要走這條路。他邀我要是我沒有其他事好做，不妨與他同行。他爬了兩百公尺，來到高處。

到了他想要的地方，他用鐵棒在地上扎一個洞，然後在洞裡放進一顆橡實，再把洞填起來。他種下一顆一顆的橡實。我問他，這是他的地嗎？他說不是。那麼他知道這是誰的地嗎？他也不知道。他猜想這是公有地，或者說不定是地主廢棄不管的私地。他也不想知道地主是誰。他就這樣小心翼翼的種下一百顆橡實。

用過午飯後，他又繼續種橡實。在我不斷的詢問下，他才終於回答了我的問題。他在這荒山野地已經種了三年的樹。他已經種下了十萬顆橡實。十萬顆之中，有兩萬顆發了芽。這兩萬棵小苗，大概有一半會因爲地鼠，或是普羅旺斯難測的自然條件而無法存活。剩下的一萬棵橡樹便會在這片光禿禿之地生長起來。

這時候，我心想這人年紀有多大。他看來約有五十歲。他跟我說，五十五歲了。他名叫艾爾哲阿·布非耶。他以前在平地有一個農莊，在那裡過了一段日子。他獨子去世不久後，太太也過世了。他隱退在這片高地，帶著羊群和狗，一個人緩緩的過日子。他認爲，

這地方因為缺乏樹木正邁向死亡。他又說，反正沒什麼要緊事要做，他決心要補救這個狀況。

這時候的我雖然還年輕，卻也正過著離群索居的生活，我深知怎麼跟同樣孤寂的靈魂對話。然而，我犯了一個錯。正因為我還年輕，總想著自己才有未來。我對他說，三十年後，這一萬棵橡樹一定會非常的壯觀。他只簡單的回我說，如果上帝讓他多活幾年，三十年後，他種的樹數量一定十分驚人，到時候這一萬棵橡樹不過是大海中的一滴水。

此外，他還研究繁殖山毛櫸。在他的屋子旁邊有一個培育山毛櫸的苗圃。他用鐵絲圍籬保護著苗圃，不讓羊接近。這時苗圃裡一片欣欣向榮。他還對我說，他也想在山谷裡種樺樹，山谷底下幾公尺處有水源，可以種植樺樹樹苗。

第三天，我們道了別。

次年，一九一四年，第一次世界大戰開戰，我從軍五年。一名陸軍步兵才不會想起種樹的事。說實話，我早已淡忘。這件事在我只像是集郵癖好一樣，事過境遷，在心中不留痕跡。

大戰結束，我領了一小筆退役金，心中只渴望呼吸新鮮的空氣。並沒懷著特定的目的，我又走上了那條通往光禿野地的小徑。

這地區並沒有什麼改變。但是，在死寂的村落之外，我瞥見了遠處有一層灰濛濛像是霧氣的東西，罩在山頭上，就像平鋪了一層氈毯。在前一天，我想起了那位種樹的牧羊人。我心想：「一萬棵橡樹是會佔一大片空間的。」

在五年當中，我見過太多人死在戰場，怎麼會不輕易就認爲艾爾哲阿・布非耶也死了呢？何況，二十歲的年輕人總會認爲五十歲

的老年人除了等死外，還能做什麼。牧羊人並沒有死。他甚至更健朗。他改了行。他現在只有四頭母羊，但多了百來個蜂巢。他賣掉了羊，因爲羊群會啃掉他種的樹苗。他告訴我（我看他也是這樣），他完全沒把戰爭放在心上。他心無旁鶩的一直在種樹。

一九一〇年種的橡樹已經有十年了，長得比我們都高。這景象實在令人震撼。我說不出話來。而他也不說話。我們兩人竟日無語的在他的森林中散步。這片森林分爲三個區段，全長十一公里，最寬的地方則有三公里。當我們意識到這一切都是出於這個人的雙手和心靈，沒有任何技術支援，我們便能明白世人除了破壞力之外，在其他方面也能和上帝一樣有效率。

他一直執行著他的理念，這從那些已經和我肩膀齊高的山毛櫸遠望不見邊際，就看得出來。橡樹長得極爲茂盛，早已超過了被地

鼠啃食的樹齡；老天爺此後如果要摧毀這片創造出來的森林，就必須藉助於颶風。他還帶我去看五年前種的樺樹叢（也就是在一九一五年種的），當時我正投身於凡爾登戰役。他把樺樹種在他認爲地表濕潤的山谷，結果證明他有道理。這些樺樹已經蒼蒼翠翠，傲然挺立，一如少年。

此外，創造會引發一連串效應。他並不在意他的行動會帶來什麼結果，他只是一意執行他的任務，想法單純。但是，在我走下村落時，竟看見幾條小溪裡有了水流，自有記憶以來，這些小溪一直是乾涸的。這是一連串效應中，最讓我激賞的。這些乾涸的小溪有流水，是很久很久以前才有的事。

我在這篇文章剛開頭提到的那幾個荒涼的小村落，是建在古羅馬村莊的遺跡上；至今這裡仍見古羅馬人殘留的痕跡。考古學家曾

在此處挖出許多魚鉤，地點就在二十世紀的村人得靠水槽才有水用的地方。

風也會把種子散播到他處。一有了水，柳樹、燈芯草、牧草原、花園和花朵也一一出現，展現了生命的意志。

但是，這個轉變十分緩慢，以致看來很自然，並不引人詫異。獵人又回到高地原野，捕獵野兔或野豬，他們雖然看見了蓊鬱的樹林，卻只把它當做是大自然的一部分。這就是爲什麼沒有人來干擾這個人工作成果的原因。要是有人發現他在高原上，就會妨礙他的行動。但沒有人知道他在這裡做這事。在城鎮裡、在行政部門中，誰會想到有個人不計私利的堅持著自己的行動？

從一九二〇年開始，我每年都會探訪艾爾哲阿・布非耶。我從

來沒看過他退卻或懷疑。然而，只有上帝知道祂是不是爲他設置了障礙！我從來沒數算過他遭受的挫折。然而，我們可以想像要達到這樣的成功，必須打倒逆境；要完成這種熱情的成功，就必須打敗失望沮喪。他曾經在一年的時間裡，種了超過一萬棵的槭樹。

這些槭樹全死了。第二年，他放棄了槭樹，種了山毛櫸，山毛櫸長得比橡樹還要好。

要對這樣一個品行出眾的人有一個比較精確的看法，不能忘記他是處在絕對的孤寂中；他是如此的孤寂，以致到他晚年時，喪失了說話的習慣。或者說，他也許認爲說話已經不是必要？

一九三三年，一位很訝異見到這片森林的巡山員來到這人的住所。巡山員給了他一紙命令，不准他在戶外營火，以免損及這片正在成長中的自然林。這是他第一次聽到有人天眞的對他說，森林會自然生成。在這一時期，他要到離他家十二公里的地方種山毛櫸。爲了避免來回奔波（因爲這時候他已經七十五歲），他想在他種樹的地方用石頭建個小屋。第二年，小石屋建好了。

一九三五年，官方派來了一團人來視察這片「自然林」，其中包括森林水利局的重要官員，一名議員，和幾名技術人員。他們說了一大堆沒用的話。他們決定爲這片森林做點事，幸好，他們只做了一件有用的事，就是把森林列管在省的保護下，並且不准有人到此製炭，此外什麼也沒做。這是因爲人人都被這片年輕森林的健康之美蠱惑了。議員也深深感受到這片森林的魅力。

在這一團人當中有位林務官是我的朋友。我跟他談起這片森林的祕密。一個星期後的某一天，我們兩人同去造訪艾爾哲阿・布非

CAFE MARGOT
COIFFEUR

耶。我們見到他時，他正在離官員巡察的林地二十公里外的地方種著樹。

這位林務官和我成爲朋友不是沒有緣故的。他知道什麼事物有價值。他也懂得沉默的意義。我帶來了幾個雞蛋，和他們共享。我們三人簡單用了午餐，安安靜靜的看著眼前景致，一晃眼就好幾個小時過了。

我們在來時的路上走過了一片已有七、八公尺高的樹林。我還記得一九一三年這裡的景象：只見一片荒漠……他平和而規律的工作、儉樸的生活、寧靜的心靈，以及高地冽人的風，造就了他健壯的體魄。他是上帝的運動選手。我自問，他還可以在這高地種多少公頃的林木。

離開前，我的朋友只簡單給他幾個建議，提到這裡的土地大概適合什麼樣的樹。但他並不堅持己見。他後來跟我說：「這人顯然懂得比我多。」我們走了一個小時後，他心中浮起另一個想法，他補充了一句話：「他懂得比所有的人都多。他已經領悟了幸福之道！」

靠著這位林務官，不只這片森林，連這人的幸福都得以保存。他派了三位巡山員來保護這片森林，並且嚴厲警告巡山員不准接受製炭工人的賄賂。

這片森林在一九三九年二次大戰期間遭受重大威脅。那時候的汽車是靠燒木柴行駛的，而木柴普遍缺貨。一九一〇年，開始砍伐橡樹，但是這個地區因爲遠離道路運輸系統，木柴商評估在這裡伐木不符成本而放棄了。這位牧羊人根本不知道這件事。他已深入內陸三十公里，繼續平靜的進行他的工作。就像他沒把一九一四年的

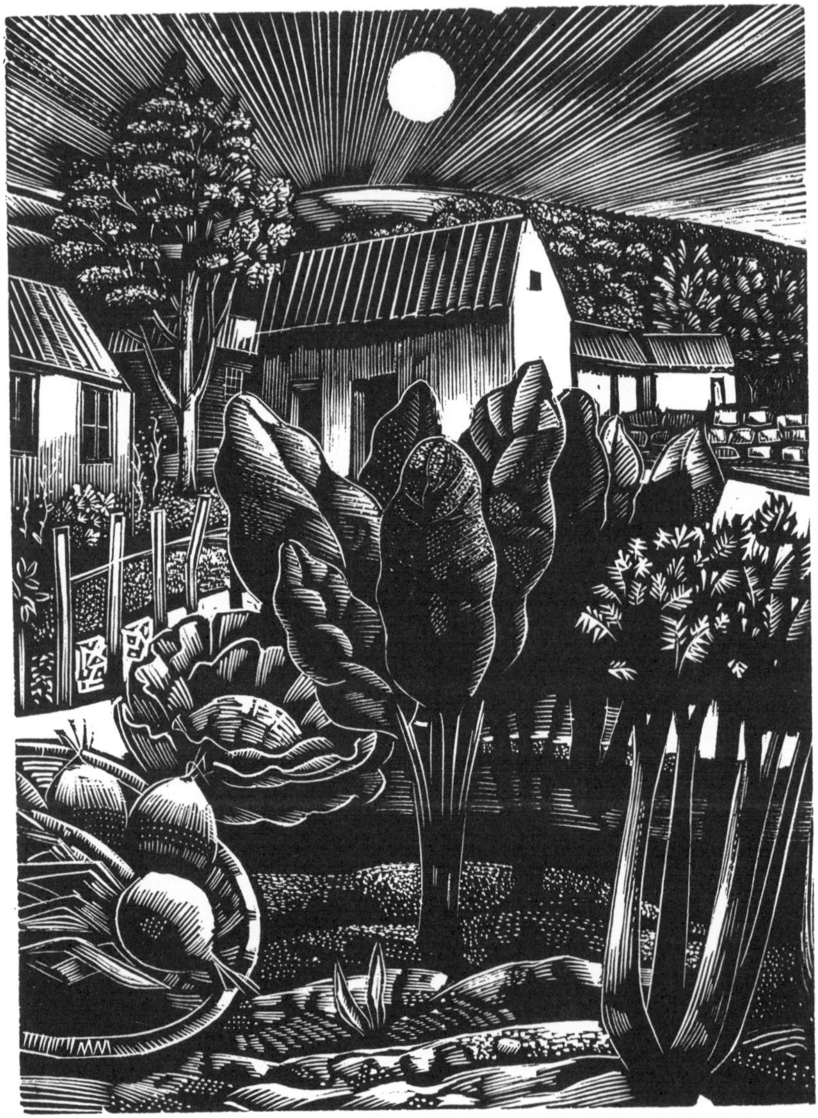

一次大戰放在心上一樣，他也沒把一九三九年的二次大戰放在心上。

我最後一次見到艾爾哲阿・布非耶是在一九四五年的六月。他那時已經八十七歲。我重新踏上那條荒僻的道路，儘管戰爭留下滿目瘡痍的鄉間，但是現在在迪朗斯山谷和山林之間已經有交通車往來其間。我坐在相對快速的交通車上，幾乎不認得前幾次健行走過的地方。我似乎覺得交通車行過之處是我從來沒到過的新地方。我需要靠村落的名稱來辨認這是以前的廢墟和荒涼的舊地區。我在維爾貢村下了車。

一九一三年，這處有十來間屋舍的小村落只住了三個人。他們當時是野人，彼此互相憎恨，以設陷阱捕捉動物爲生：精神與體力狀態差不多像是原始人。蕁麻爬滿了四周廢棄破敗的屋子。他們的景況看來是沒有指望的。他們等待的只是死亡：這種生活空間並不會讓人在乎自己的品行。

然而，一切都改觀了。連空氣也變得不一樣了。從前迎接我的是乾燥扎人的狂風，現在則是帶著香氣的清風徐來。似乎有水流的聲音從高處傳來：原來這是風吹拂森林的聲音。最讓人驚訝的是，我聽見真正的水流流入池塘的聲音。我看見這裡造了一個噴泉，水量豐沛，而且最讓我感動的是，在噴泉旁邊種了一顆椴樹，樹看來已有四年，已經很茂盛，明顯象徵了重生。

另外，重建維爾貢村是必須懷抱著希望的，而希望的確又回到了這村落。清除了廢墟、剷除了傾倒的牆，重蓋了五個屋舍。小村目前有居民二十八人，其中有四對是年輕夫妻。全新的屋舍，新塗的灰泥牆，周圍圍繞著菜圃與花園，其中生長了白菜和玫瑰、韭蔥和金魚草、芹菜和秋牡丹。從此以後，這裡是吸引人來居住的地方。

從這裡，我開始用走的。剛結束的大戰還不容許這裡的生活充分展現燦爛，但是拉撒路已經復活，從墳墓裡走了出來。在山坡底下，我看見了一塊塊大麥田，和剛發芽的黑麥田；在狹長的河谷下，幾塊牧草已經吐了新綠。

只不過費了八個年頭，這個地區就綻放著健康與富裕的色彩。一九一三年我見到的那些廢墟，現在已經聳立著乾淨的農莊，新近粗塗了灰泥，散發出幸福而安適的生活。森林中羈留的雪和雨水爲古老的溪流添加了水源，溪流再度淌著水。溪流的水以水圳疏通。在每個農莊附近，在槭樹叢中，流泉湧到了新鮮薄荷的草毯上。幾個小村落一點一點的重建起來。平原的地價貴了，原來住在平原裡的人來到這地區定居，帶來了活力、幹勁和冒險犯難的精神。我們在路上遇見了男男女女，吃得飽飽的，一些臉帶笑容的男孩和女孩，重新拾回了鄉居節慶的滋味。要是我們算上當年的人口（他們現在過著安適的生活，人已經和從前完全不同了），再加上新遷來的人口，總共一萬多人，這些人的幸福都要歸功於艾爾哲阿．布非耶。

當我想到完全靠著這樣一個人，他只靠著簡單的體力和精神力量，就足以讓這片荒漠之地變爲流著牛奶與蜜的迦南地。我深深覺得，無論如何，人類處在這世界的景況是値得讚美的。

但是當我思及，持續的慷慨善行與偉大心靈，使他得到了這樣的結果，我因此對這位沒有文化教養的鄉下人非常的尊敬，他懂得做一件只有上帝可比擬的工作。

艾爾哲阿．布非耶於一九四七年在巴農養老院逝世，死時安詳。

第二部

種樹的男人

行動篇

吳晟與樹

因爲種樹，我們相遇

愛樹。小字典

聆聽樹的聲音

吳晟與樹

文─鄒欣寧

此刻，我們坐在吳晟親手種植群樹的林蔭之下。

夏末秋初，島嶼還未掙脫暑熱，然而蔭下的我們不覺炙悶。微風自遠處的水稻田輕柔拂過來，或許它們來自更遠。海風自西徂東，溯濁水溪而上，挾帶一絲尚未乾涸的水氣，將自然的禮物餽贈給還願意感知的生靈。

不知名的鳥類感覺到了，棲在樹梢上輕快啁啾，和吳晟徐緩沉肅的話語，構成一陣有機的午後小調。

同是種樹人，吳晟如何看待讓．紀沃諾《種樹的男人》書中、耗費三十多年光陰在普羅旺斯高地上遍植數萬棵樹的老人艾爾哲阿．

布非耶？在吳晟眼中，艾爾哲阿．布非耶的行動是一種理想，「小說裡描述的種樹是很浪漫的」，吳晟說。

和五十歲起在荒地一心一意種樹，戰爭、孤單都無法阻撓他的艾爾哲阿．布非耶相比——不，甚至是跟創造出布非耶的紀沃諾相比，吳晟無疑扮演著更入世、積極，甚至採取戰鬥姿態的種樹人與文學家。

歷經兩次世界大戰的紀沃諾，作品風格素樸而反映宇宙生生不息的能量。終其一生，他堅守無黨無派的政治立場，是和平主義者，也是自然主義者。被喻為「鄉土詩人」、「國民阿爸」的吳晟，同樣以質樸文風享譽，卻是個不折不扣的社運鬥士。年輕時為打倒威權而戰，如今繼續參與守護自然環境的戰役，從反核、反六輕、國光石化、苗栗大埔農地徵收等台灣重大環境爭議事件，都可以看見吳晟振臂疾呼的身影。

「對自然環境的關心是很早就有的，但後來大部分心思著重參與政治社會運動，比較少花力氣在生態上頭。等到年紀越來越大，眼看台灣環境的惡化已到了急迫的地步，我警覺到，該把更多力氣拉回來守護自然生態」。於是，自二〇〇一年起，吳晟將彰化圳寮家中兩公頃田地改植樹林，十餘年間，他不斷種樹、贈樹，呼籲人們加入愛樹、植樹的行列。詩人吳晟，從此成爲台灣文壇中「種樹的男人」。

一顆澀澀的果，如何
而熟而落而怯怯的種子而蒼老了樹
一棵蒼老的樹，如何
而蕭蕭而颯颯而枯竭了汁液

——吳晟〈意外〉，一九七三

「我種樹是更早以前就開始的喏！」吳晟笑咪咪說道，打從童年起，他就愛撿拾各式各樣的植物種子栽種，「對種子的喜好是天生的，讓我感覺到生命的期待」。年幼的他熱衷於栽培實驗，光是觀察不同種子掙出土壤、抽芽拔高的過程，都能帶來莫大的喜悅。這股喜悅，日後持續綿延於他的人生。

「我的童年記憶最深刻的，就是樹」。七十年前出生於戰後農村的吳晟，印象十分鮮明，當時村中到處都是大樹，村人每每在午後、傍晚聚集於樹下，或乘涼，或嬉戲，或交換街頭巷尾的新聞事件，大樹不只提供人們休憩角落，還是情感交流的重要所在，更不用提「哪個人的童年是沒爬過樹的？」樹，成了人與自然最早的接點。

吳晟也記得，早年中南部路旁多野生果樹，尤其龍眼、芒果等，他曾將果樹回憶寫進散文集《店仔頭》裡：

小時候，從我們村子到就讀的國民小學，需徒步將近一個小時，其中一大段路途，沿路有一排龍眼樹，那時教室不足，分為二班制，中午上下學，走過這一排蔭涼的樹下，特別輕鬆愉悦，尤其夏季龍眼成熟時，還可以順手採摘，一路吃到底。每一回想起來，常不禁湧起溫馨感激之情。

可惜，樹與人緊密的關係，在電風扇和冷氣相繼出現後，開始有了質變。「一到夏天，大家就縮回厝內，自己吹電扇、吹冷氣。人們一起休憩聊天的氣氛、場景慢慢消失，人也逐漸疏離群體，跟外界隔絕，變得自我封閉」，吳晟苦笑說，「宅男就是這樣來的……」

「生活方式變化之後，人就不再覺得需要樹」。說到底，人類終究是現實的，一旦沒了需要，情感和連結都是奢談。砍樹幾乎成了台灣全民運動。幾十年間，吳晟眼見人們為了蓋房子、開馬路、蓋停車場，甚至是嫌棄樹木遮蔽光線、落葉清掃麻煩，一味地砍、砍、砍。

「我把這過程稱爲『砍樹鋪水泥』」，吳晟說，他見過最荒謬的例子，即使是「森林遊樂區」，爲了興建停車場，照樣砍樹鋪水泥，「爲什麼不能種植草磚或鋪碎石子，形成天然的停車場，偏要用散熱差、排水也差的水泥？」他嘆了口氣，「然後我們說這種砍樹鋪水泥的過程叫做，建、設」。

二〇一四年第一天，吳晟在《聯合報》上連續兩天刊載長文〈敲掉水泥迷思〉，開門見山從一九五〇年代政府扶植「台灣水泥」創立、此後水泥業大興說起，水泥商大量掏空山林土石，代之以樓房、圍牆、水壩、河堤、擋土牆、消波塊……無數的水泥產品，將台灣妝點成一座巨大的水泥叢林，每年消耗的水泥量是全世界平均值的五、六倍。這是台灣的「水泥奇蹟」。

由於水泥建設強勢，公家機關也認爲用水泥方便，台灣集體發展出狂熱的水泥崇拜，於是有了連「森林」遊樂區也砍樹鋪水泥的奇觀。

不只平原砍樹，從山林到海邊，群樹整片整片的消失，吳晟在二〇〇二年出版的《筆記濁水溪》中，追索了台灣林業如何以濫砍濫伐而興盛一時，卻造成今日土石流災變的惡因與惡果。

「人類砍樹的歷史是從高山開始。日本殖民時代和國民政府都因經濟需求而砍樹，但日本砍伐較不全面，第一，他們是以人工手鋸，第二，他們有考慮未來性，採取疏伐、留樹頭等方式伐林。到了國民政府來台，基本上是以經濟發展心態全面砍伐，等到大家慢慢有保育意識時，高山林木早就砍得差不多了」。吳晟語氣沉重地說，由於過去數十年間的伐木者「不留樹頭」，「沒有樹根去抓地，日後土石流的危害才會這麼大」。

不只如此，吳晟回憶，從前台灣沿海防風林密布，「海岸一片鬱鬱蒼蒼，真是不得了！那是多麼天然的屏障，把海風、海砂都擋住了。但這個社會竟然把整個防風林砍光……」

越說，他禁不住焦躁了起來，「我現在很急。這個社會從以前就砍樹，先是砍山上的樹換錢，再來是砍平原和海邊的樹換錢，砍到你們這一代，樹都快沒了，怎麼辦？」

每一座殘留的樹頭
千年魂魄仍不捨離去
仍牢牢抓住土石
所有的痛，化作動人的生命力
繁衍成二代木、三代木……
蔚成周遭子嗣、依依環抱

——吳晟〈樹靈塔〉，二〇一三

起先是批評和抗爭。一九九〇年代起，吳晟開始有意識地書寫台灣樹木生態的現況與危機。十六歲發表的第一首詩作就叫〈樹〉，但，不同於年少時出於感性、借樹抒懷，年邁的詩人透過知性的文筆，懇切呼喚讀者留意：在這島嶼上，樹木也跟人一樣，是渴盼存活的主體。

批評和抗爭，是和大眾聲明「我們不要什麼」，而吳晟認為，表達「要什麼」更具積極意義，「因此我用種樹來實踐，來鼓吹」。

早在返鄉任教時就恢復童年植樹習慣的他，除了在家中前院遍植母親喜愛的樟樹，也遊說母親將部分農田改種樹木。二〇〇一年，母親過世後負責看管家中田產的他，與家人協議，申請當時政府的「平地造林計畫」，將兩公頃農地通通投入植樹。植樹不只爲了成林，他的終極目標，是分送樹木給需要的人。

既然阻止不了砍伐，阻止不了惡因生成惡果，至少他可以從相反的面向做些什麼，將樹的種子，灌溉以善的因緣，再將結成的善果散播出去。

吳晟的樹園名喚「純園」。純是母親的名字。頭纏布巾，笑吟吟自田埂間走來的她，在攝影家張照堂的景框中留下永恆的形象。這幀照片如今放在純園入口，每日每日，吳晟和妻子莊芳華會在她的眷望下進入園中，撿拾、清理、照護園子裡的草木生靈。

母親也是吳晟樹木情懷的重要啓蒙者。散文集《農婦》中，吳晟寫下母親爲鄰人調解砍樹的風波，紛爭結束，她有感而發地告訴兒子，「你要記住砍樹容易種樹難的道理呀」。

母親愛樟樹。做兒子的先是在前院種了成群的樟樹，等到有了樹園，便把前院好些二十多年的樟樹移植進園中。空出來的前院建了座樓高兩層的圖書起居室，既有樹園安頓樟樹，依計畫移植到最後一棵時，吳晟卻心生不捨，索性將房子設計圖一改，彎曲原本逕直的鋼筋，讓最後一棵樟樹留在原地，與樓房共生。

長在屋裡的樟樹，並不會和榕樹一樣，因根脈生猛、盤曲繚繞而破壞屋舍結構。「樟樹是直根系，就是說，它的根不會往四處亂竄亂長，而是深入土壤底下」，吳晟說，許多台灣原生種樹木都是直根系，這是生物適性擇地而棲的智慧，「台灣颱風多，根扎得深才會存活」。

除了樟樹，純園裡的樹種繁多，烏心石、毛柿、土肉桂、桃花心木、櫸木、台灣肖楠……幾乎全是台灣原生種。

「這是我的堅持」，曾是生物老師的吳晟解釋，每個地方都有它特定的地理環境、氣候、土壤，也有適合在這地方生長的特定物種，就像北極有北極熊、南極有企鵝、沙漠有駱駝和仙人掌，台灣也有它特別的原生物種。但是因爲台灣不斷經歷外來政權的統治，每個外來政權都會引進他們的文化和物種，比如日本，將台灣高山的檜木砍伐運送回國，代之以日本油杉和櫻花；國民政府則將本屬溫帶區域的「歲寒三友」松柏梅，改種在氣候濕熱的亞熱帶島嶼上。台灣社會接納了外來物種，對原生種卻缺乏深入認識。

吳晟認爲，站在生態角度思考原生物種，是台灣非常需要的思辨。物種的移出和移入必須謹愼和適量，否則一旦遇上強勢的外來物種，本地原生種的生存空間勢必被衝擊，「就像已經危害台灣高山植物的小花蔓澤蘭一樣」。這種攀藤植物來自南美洲，二戰時被美軍攜帶至印度，隨後在整個太平洋區域迅速蔓延。因爲生長速度奇快，又會掠奪寄生植物的養分，阻礙植物行光合作用，小花蔓澤蘭成爲全球最惡名昭彰的外來植物殺手。

對於近年各城市常植爲行道樹的黑板樹、小葉欖仁和櫻花等外來樹種，吳晟也不以爲然。「黑板樹的根系會亂竄，開花時有臭味，對環境也不友善，連鳥都不喜歡，根本就不適合拿來當行道路」，他直指這些不適樹種之所以大肆出現，在於主導城市綠化的政府部門缺乏生態專家。

「台灣大部分的平原最適合闊葉林。只是大家覺得闊葉木沒有經濟價值，落葉要掃要收拾，就對它沒興趣。價值這種東西是人賦予的，但是人卻沒有想過，闊葉木本就合適在我們的土地上生長」，清理樹園告一段落，坐在吳晟身邊小憩的莊芳華，聽到談話忍不住出聲附和。

兩人並坐著，指點園中各據一方的樹群：眼前如青春期少年正在抽高的「落腳仔」是烏心石，吳晟讚道：「它又挺又直，不怕颱風，秋天開花時很香，果實連鳥都愛吃。木材也很好，從前家家戶戶的廚房裡都有它，你猜是什麼？」飯桌？菜櫥？錯，是切菜用的砧板，「因爲木質很硬，剁都剁不壞！」

一旁是櫸木。「櫸木功能也很多，最出名的就是拿來做扶梯」，後頭是吳晟母親最愛的樟樹，「這更不得了喔，台灣以前到處是樟樹，日本人還評鑑爲最優良的樹種。剛性的樹幹，柔性的枝葉，整個樹形很漂亮。花香、葉香、皮香、樹材香、種子香、根也香，可以說整棵樹都香。過去，樟樹可以說是台灣重要的經濟來源」。

說著，吳晟回身指向一棵極細的小樹。不要小看它弱不禁風的模樣，這棵毛柿還是個毛頭孩子，一旦長大了，不怕水不怕乾不怕風不怕鹹的它，是台灣海岸最好種的防風樹，不信，龜山島上一棵樹齡四五百年、樹圍逾八十公分的毛柿公，就是最好的證明。

「我就不懂，這麼好的樹不種，偏偏要去種黑板樹、小葉欖仁、櫻樹，這沒道理嘛」，吳晟搖搖頭，「明明我們有這麼豐富的物種，爲什麼一定要用外來的？……」

嘆口氣，吳晟望向樹園深處，前方是當年林務局錯送的陰香肉桂樹。平地造林申請通過，吳晟要求林務局提供土肉桂在內的一級原生木，不料送來的卻是外來的陰香肉桂，「這種肉桂很強勢，現在整個山林也是被陰香肉桂占光了」，但最終，基於一視同仁的立場，吳晟仍讓出一角栽植這些外來肉桂，「至少種在這裡，不讓它氾濫出去，就這樣自我安慰……」

更深處，還有材質堅硬、花紋美麗的桃花心木。桃花心木也適合用作吉他木料。吳晟的次子、929樂團主唱吳志寧在踏入音樂圈之前，曾被吳晟期待承繼對樹木的熱愛，讀森林系、當個森林保育員。兒子最終並未如父親所願，但是，在樹園深處的桃花心木，會不會有這麼一天，串起了父與子、音樂與樹木的細密連結？

暮色漸次披掛於樹梢上。莊芳華早已回到群樹之間，繼續未完的工作。吳晟對妻子俯身的暗影深情地說：「莊老師是文武全才。琴彈得好，文筆也好，又是勤勞的農婦……平常樹園都靠她整理，我就出一張嘴，跟你們講解」。講得累了，他陷入一陣靜默。

一群歸巢的鳥在樹園旁的水田上空盤旋，呼叫彼此別跟丟了群隊。這片水稻田也歸吳家所有，目前由同爲作家的長女吳音寧耕種。吳音寧聯合周圍稻田農夫以無毒、無化肥、友善環境的方式耕作，也和生態保育中心合作「水田溼地生態復育計畫」，連同父母親的樹園，綿亙數甲的土地成了生態基地。

當久已不見的青蛙和螢火蟲，以蛙鳴和點點星光在林間時隱時現，吳晟一家種樹、種田、友善土地的行動，儼然完成了一次長長的寧靜革命。

「應該說，根本不用革命。這行動不存在任何衝突，你不用抗爭也不用去打，只要好好照顧這個區域」，吳晟強調，「這不是革命，是一個態度。如果大家都能發自內心愛樹、護樹、種樹、顧樹，有了這普遍的情感，即使只種兩棵樹，好好照顧，三十年後就可以像我家的樟樹一樣，成爲子孫的大樹」，他信口念道，「這就叫做『少鋪水泥少傷害土地，多種樹多愛地球』。

園中密植樹木，是爲大量贈出。除了學校，吳晟也贈樹給故鄉溪州第三公墓，成立全台少見的森林墓園。「最近還有個虎尾砲兵指揮部的將官，也喜好文學，看到我寫有樹送人，就跑來要樹，大概這陣子就會來移植了」，吳晟指著已身形模糊的樹影，「要送給他的，就是這些烏心石」。

這片暗沉沉的大地，是吳晟生活七十年的所在。他說，自己不喜歡離家，偏好定居在同一片土地。將親手栽植的樹木分贈到各地的他，卻教人想起翅果。風來時，翅果展開薄薄雙翼，乘風離開母樹。風歇止，它飄然降落於塵土，在天地人的滋養下，茁壯爲雄渾的大樹。多年後，島嶼某個角落爬樹嗅聞樹香的孩子，可會知道有個男人，不只種樹，還給樹以翅膀，讓它們遍布於此於彼，於無所不在之處？

傍晚在自家小樹園
日常休憩　靜看葉片謝幕前
最後的舞姿
又如流連依依的揮別
偶有一截枯枝
啵一聲掉落
躺臥在鋪滿落葉的地面
我彷佛聽見
辭行的喟嘆　非常輕

拿起竹耙　掃成堆
像例行性清掃逝去的日子
抬起頭　落葉迴旋又紛紛
才正要輕吁出聲
赫然發現　枯枝
是新芽萌發的預告
每一片落葉　輕易鬆手
都是為了讓位給新生

——吳晟〈落葉〉，二〇〇六

因爲種樹，我們相遇

導讀—朱慧芳 作家

經典會隨著歷史的進程不斷被打磨發亮而且發光。經典再現跟種樹很像，再多也不嫌太多，再久也不顯得過時，而且，也都會隨著時光增長越值得被人珍惜。環境混亂、氣候異常時種樹就對了，人心浮躁、社會紛擾時就讓我們閱讀經典吧。

《種樹的男人》是法國作家讓．紀沃諾，於一九五三年時於《讀者文摘》發表的短篇故事。短短的五千多字歷經歲月洗滌依舊溫熱，七十年來不斷被翻譯成多國語言版本，包括文字書、圖文書以及爲小朋友改寫的繪本，多年累積的讀者數量肯定要比故事主角艾爾哲阿．布非耶播下的種子還要多。一九八七年加拿大動畫藝術家福德瑞克・貝克（Frederic Back）將《種樹的男人》製作成手繪動畫，透過網路傳播，讓這則簡單卻感人的故事更加廣為人知。

讓・紀沃諾的創作種類涵蓋小說、短篇故事、散文、詩作、劇本等，是法國家喻戶曉的知名作家。出生於法國南方普羅旺斯的他，一生的作品幾乎都是以南法區域為背景，他熱愛自然、在作品中擁抱自然，被視為是生態寫作先驅。第一次世界大戰被派往前線的他，於戰後致力反戰並倡導和平，甚至還因為極力反戰而於第二次大戰前後期，兩次因為莫須有的罪名鋃鐺入獄；但即使遭受不實指控，讓・紀沃諾仍不放棄他堅信的和平主義，生態與人道始終在他的作品中佔有重要位置。

在為數眾多的創作當中，這本《種樹的男人》是作者在法語世界之外最廣為讀者熟悉的作品。為向世人推廣友善自然的環境意識，作者歡迎各種形式的翻譯推廣，不主張自己對這本書的著作權益。這也是為什麼，《種樹的男人》的中文譯本和各種改寫版本數次在台灣出現。曾經企圖沿著台灣北回歸線種樹的盧銘世老師，就是因爲受到故事啓發，發心要成爲種樹的男人。

•

這幾年台灣陸續出現不少種樹與護樹的個人與團體。在大雪山上，賴倍元先生已種下超過二十萬棵樹；喜馬拉雅自然文明保護協會的種樹規模經常以上萬棵樹起跳；十呆基金會的老樹媽媽謝粉玉女士，在成立基金會之前就已經在全台灣到處救樹；台灣愛樹保育協會的曾樫銳會長多次舉辦養護樹木修剪研習會，台灣都市林健康美化協會推動樹藝師制度，台灣綠化技術協會的劉東啓博士極力宣導不用藥、不動刀的樹木自然療法概念等等，都還只是略舉一二。

清華網路文教基金會董事長曾晴賢教授曾經跟我提過，一般人一生大約用掉三十棵樹木，如果我們可以在有生之年種三十棵樹還給地球，至少在消耗樹木資源上，對地球少一些虧欠。曾教授帶著學生以及基金會團隊，在屏東大量種植可以吸附污染物的蓖麻，雖然蓖麻是草本作物，若能協助解決土壤污染，生產的種籽又可以當作生質用油，對於維護自然環境都是加分。

因爲種樹的關係，我曾有幸與國內外種樹的團體有了連結，同時也因爲種樹的因緣，遇到各領域的愛樹同好。

我們從實際種樹的經驗中學到，種樹就好像生貝比一樣，生下來之後還需要扶養，不能只種不照顧。種樹之前要有各種準備，例如備妥合適的樹苗、挖樹穴、備土備水甚或還需要塡入有機肥，而且最好能挑選天時地利的黃道吉時，不是隨隨便便看哪天有空就把樹苗種下去而已。在台灣最適合種樹的時期，是在多雨潮濕、土壤溫度由寒轉暖的春天，剛種下的樹苗在綿綿春雨澆灌滋潤下，根芽得以穩健伸展，增加小樹苗的存活機率。

樹苗種入土中之後，需要綁支架協助樹苗站立，此外還要持續澆水和除草，確定樹苗不會被雜草掩蓋之外，更要確定樹苗不會被除草機絞斷。春夏之交的天氣極不穩定，最怕樹種下去之後，出現忽冷忽熱的氣候，這段期間，持續澆水保持樹根附近的土壤濕潤是重要關鍵。小樹苗的照顧維養最好能有三年的時間，剛開始較為密集，隨著樹齡增加漸漸放手，讓小樹苗逐日長成大樹。綁在樹枝上的支架也要隨著樹幹長高長胖進行調整，而且最好在一年之後移除，否則反而會影響小樹正常生長。

仔細又繁複的行動，都是為了提高小樹的存活率，然而每一棵樹苗都有自己的命運，種到土中之後，還要面臨各種挑戰。

•

連續十年，我與幾位愛樹的年輕朋友，每年去到不同的地方種樹，有些地方種起樹來似乎易如反掌，例如馬來西亞熱帶雨林區、緬甸和柬埔寨等；也有些地方特別艱辛，例如氣候凍人的蒙古荒漠。相較之下，台灣是種樹的寶島，對於喜歡種樹的人或是被種的樹而言台灣都是天堂，若不是遠赴外地種樹，我們不會知道一棵樹的生存是如此的得來不易，更不會知道最需要造林的地方，往往條件最爲苛刻。

幸好，在不利的條件下也有應對的方法，例如《種樹的男人》中的惡劣環境，就必須靠種子本身的生命力道自行發芽生長，不適合用人工培育樹苗的方式種樹。《種樹的男人》雖然是作者虛構的故事，但眞實世界確有案例正在發生。

三十年前，瑞典伊甸園基金會（Eden Foundation）在非洲尼日設了一個工作站，協助當地居民種樹。當地的平均年降雨量低於兩百公釐，不可能用澆灌的方式種樹，只能靠種子自然發芽；種子入土未必能存活，但是能夠存活的都有能力深入地底找水源。一般而言，只有已經適應當地環境的在地樹種，才能在惡劣的條件下直接以種子發芽長大；如果是用育苗方式，種子在苗盆中生長，小苗的根莖會一圈一圈盤繞在小小苗盆中，一旦移植種在缺水的沙土裡，會因爲無法立即向下找水很快枯死。三十年來，伊甸園基金會在當地推廣種樹，因爲樹能固砂能擋風、結的果實還能當糧食，已經協助數千家庭不必因爲缺乏糧食而被迫遷離。這一緩慢卻成功的種樹工程，讓荒漠重現生機，人口也因而穩定成長。

•

《種樹的男人》的眞實版本在地球最爲惡劣的環境中上演，更加讓我們覺得應該要珍惜台灣的先天種樹優勢。我們在馬來西亞舉辦種樹活動時，曾和當地朋友分享一張世界地圖，顯示地表「最適合種樹」與「最不適合種樹」的區塊——台灣和馬來西亞，同屬適合種樹的地方，我們有責任爲那些不適合種樹地區的人民，多種幾棵樹。

無論您曾經讀過，或是第一次讀到《種樹的男人》，都希望當您心中那股種樹的感動升起時，可以轉化爲實際行動，爲地球、爲自己、也爲他方的朋友多種幾棵樹。

愛樹。小字典

【樹語】

樹會說話。加拿大教授Suzanne Simard研究指出，樹木和植物確實存在某種溝通的方式，透過地下的菌類（fungi）組成跨距的聯結網絡，達到分享資源、互助並幫助對方存活下去的功能。

林下常見樹木的根四處發散，其腐化的根端，即爲菌類植群所需的養分物質（腐植質）。樹則可以感覺到菌類所釋放出來的碳；碳在樹的外皮組織跟菌類組織之間傳遞，讓兩者之間形成一種交換關係。

這很類似人類的神經系統傳達訊息給大腦的機制——透過實質

與非實質的連結，神經系統會來回傳遞生物訊息。在森林中也是一樣，這樣的訊息傳遞造就了不同的森林生態系，並創造出生物的多樣性。這樣的多樣性讓森林在遭受到如火災、蟲害、暴風雨災難時仍能保持一定的彈性與韌性，生態系內無論如何都會有存活下來的物種，不至於全軍覆沒。

同時，樹與樹之間，並非只是互相競爭陽光、雨水等資源，同時也有照護的關係。森林中較老、較高大的樹會成爲「母樹」（Mother Tree），母樹透過菌根網絡與小樹聯結，並管理整個植群的資源；該研究顯示，如果砍倒母樹，其他小樹的存活率將大受影響。（編輯室整理）

【樹冠層】

森林樹冠層（Forest Canopy）被喻爲「地球的第八塊大陸」、「地球上的內太空」，這些比喻說明了樹冠層的豐饒與神祕，還有許多不爲人知卻蘊含多樣可能性的潛力。

熱帶雨林的樹冠距地面約三十公尺，由樹木的樹枝、樹葉緊密交錯且略成傘形，即樹冠層，它提供了各種生物的理想棲地：多樣化的植物、昆蟲、林間活動的小型哺乳類、爬蟲類、地面的大型生物，一環扣一環形成緊密的食物鏈關係，樹冠層正是無數物種的「家」。森林在地球上製造能量、藥材、原物料、食物，並進行養分循環及氣體交換，森林的健康攸關著人類的健康；而樹冠層就如性能卓越的房屋，約涵括了整個地球百分之五十的地面生物多樣性。

一九七〇年代後期開始，野外生態學家陸續使用繩索架（SRT）、樹冠層走道進行探索，逐漸瞭解這片綠色的大傘是地球健康的重要關鍵。隨著近年全球氣候溫度上升、地景退化，尤其過去二十年來人類經濟活動加速了伐林、森林流失、生態惡化而導致許多物種的消失，保護「生物多樣性」益顯重要，樹冠層正是其中一個重要指標，其衰退可以作爲全球環境變遷的預兆。跟大自然和諧共處、並且敬畏我們所不了解的，或許就是樹冠層帶給人類最美好的功課與陪伴。

（編輯室整理）

【樹醫】

在日本，有所謂「樹木醫」的專業執照，是透過層層關卡與考驗才能夠得到的殊榮。要成爲一個樹醫生，必須具備昆蟲學、樹木學、病菌學、土壤學、礦物學、土壤學、植物生理學等知識。

幫助生病的樹木好起來，不是一味地施加外力、藥物的協助而已。樹醫會善用樹木本身自癒的能力，讓樹能夠用自己的生命力來面對困厄。同時，樹醫也是注重環境保護的環境醫生，因此會善用生態系中各元素的平衡、合作與互剋，例如引入瓢蟲來減低蚜蟲的危害，植入適當的腐朽菌幫助參天大木蝕去木心、以減低樹重對於樹底的負荷。

台灣的樹醫生們指出，台灣樹木最常見的問題是：喜愛種樹卻不熟悉照護樹木的方法，過度修剪樹冠，沒有留下足夠的空間、土穴以致樹木無法健康自由地生長。爲了能讓生活中有老樹相伴，而不只是孱弱的新植小樹，讓我們聆聽樹的聲音，仔細考量樹木生活的特性來加以照料吧。（編輯室整理）

【樹藝】

樹藝師（Arborist）亦稱樹藝家（Arboriculturist），是城市樹木的守護者與規劃者。如何在都市環境中讓樹木健康茁壯地和人們一同生活，是樹藝師的責任。因此，從設計種植、樹種規劃、護養修剪、保護、移植種地、風險評估，乃至於溝通一座城市願意賦予樹木怎麼樣的法律權力，都屬於樹藝師的專業。

樹藝的範疇已發展出跨國的標準與規範，一般來說，樹藝師的工作涵蓋「樹木偵探」以及「樹木醫生」。樹藝師會基於樹的生長條件與人的生活環境，來判斷樹木是否健全生長，並爲樹木提出適當的

「處方」，例如修剪、施肥、打藥；垂死將倒圯的樹木則是都市公共安全的隱憂，因此樹藝師也需判斷樹木的存在狀態會否對周邊生命財產構成風險、應如何作出處理等。

每一株美好的樹木，是社會共同的活資產，樹藝師積極扮演人與大自然的橋樑，讓樹木能夠最大程度地按照自然的法則來健康生長。（編輯室整理）

【攀樹】

攀樹，是人類將小小的生命與軀體附著在久遠、偉岸的樹身之上，一步一步向上爬的活動。透過攀樹來運動、欣賞樹木的風景與生態，但前提是不能傷害樹木的生長。攀樹還可以協助研究生物，一般採集與觀察僅只及於十公尺以下的生物，但很多生物是生存在樹冠層，如果不透過攀樹的方式，很難直接進行生態觀察。

攀樹運動在許多國家已發展多年，透過專業攀樹師指導與適當的器材輔助，攀樹可以是一個安全又具有環境教育意義的活動。攀樹前，攀樹人會對樹與環境進行仔細的勘查。不健康、不結實的樹，爬起來會有傾倒的危險，如果樹上有虎頭蜂、蟻窩更是不行。除此之外，隨著高度的攀升，看見不同高度生物的棲息也是攀樹活動重要的樂趣。在台灣，低海拔可以選擇樟樹、楓香等結實的本土樹種，中高海拔的杉、柏、檜等筆直挺拔的樹，高度爬起來很有挑戰性。（編輯室整理）

【森林生態系的功能】

根據聯合國「生態經濟學」（The Economics of Ecosystems and Biodiversity, TEEB）的標準，森林生態系提供的功能包括四大類別：

- 供給功能：如食物、原料、淡水、藥用資源。
- 調節功能：如調節當地氣候和空氣質量、碳吸收和儲存、緩衝極端氣候、廢水濾淨、防止水土流失、維護土壤、授粉功能、生物防治。

- 支持功能：如物種棲息地、遺傳多樣性的維護。
- 文化功能：如休閒與身心健康、旅遊、美學鑑賞和文化、藝術和設計靈感、精神的體驗和意識等。

而根據聯合國糧農組織FAO的報告，二〇〇〇到二〇一二年間，全球估計共損失兩百三十萬平方公里的森林，等同於每天失去五十個足球場的面積、或是每年失去一個哥斯大黎加國土的面積。該報告指出，世界首次全球森林評估是在一九二三年，當時全世界每個人平均有十公頃的森林，到了二〇一〇年，每人只剩下兩公頃。

科學家則已證實，快速的森林砍伐會顯著影響食物、藥物和水的供給，不利生物多樣性並加劇全球氣候變遷。（廖靜蕙）

【台灣森林生態系的特色】

台灣森林的自然資源豐富，而且每個區域特色不同。以台灣北部森林爲例，因受東北季風的影響，造就許多如北降（植群的垂直分布因緯度升高，而逐漸降至低海拔的現象）、雲霧發達、降水充沛，以及風壓等特殊的現象，不但具有亞熱帶闊葉林、暖溫帶闊葉林、涼溫帶針闊葉混合林生態系，也是亞熱帶雨林分布的北限。

再以台灣西部的森林爲例，在很短的距離內，就可看到從赤道到北方極地的各種植群帶。台灣南部及東南部的森林生態系，自低海拔至高海拔分布了熱帶生態系、亞熱帶闊葉林、涼溫帶針闊葉混合林、冷溫帶針葉林。東部地區的生態系以亞熱帶闊葉林、暖溫帶闊葉林爲主。

台灣國土面積有百分之六十爲天然林，具有北回歸線上少見的多樣化的森林生態，物種歧異度以及孑遺生物（Relict Species）多，坡陡多山、細膩分化的棲息環境，可說是北半球生態系的縮影。以

全世界的角度來看，台灣的森林生態非常獨特而且珍貴。（廖靜蕙）

【種樹不等於造林】

種樹和造林是兩個不同的概念。種樹就是把一棵樹種下去；造林、育林則指樹苗種下去之後，加以照顧、修枝、撫育，一直到形成一片森林達成經營目標；這個過程從六至八年甚至六十年不等。

造林需要事前的作業規劃和規範，按照固定的計畫去維護；選苗、疏伐更牽涉到專業知識、技術與森林經營的概念，並不是一般民眾或志工單純種樹就可達成，最好由專家規劃指導，按經營計畫進行。人工造林的目標是永續利用，且可以兼顧生物多樣性，例如減少干擾、增加地被與野生動物棲地，這些生物多樣性可以發揮生態系功能，萬一發生災難時恢復力會比較快。

民間造林需要先釐清目的是爲了永續利用或是爲了保育，其次更牽涉了樹種來源、樹種選擇。例如一塊地造林若是爲了保護石虎，就要能吸引齧齒類動物來才有效，齧齒類要吃昆蟲，所以牽涉到樹種的選擇、密度、種原，何時疏伐等，過程十分繁雜；若是靠自然力量演替，時間人力成本又不同，則應另當別論。

民間的參與不該只是勞力的投入，而應在知識、經驗、技術與觀念上充分溝通、提供意見，在規劃階段就可以參與，這就是參與式規劃；相對而言，規劃時，公民是否有管道參與意見、提出具體想法、能否成為負責任的公民共同維護，也是社會上每個成員都應思考的。（趙榮台博士口述，廖靜蕙整理）

【社區林業：尋找森林好夥伴】

在世界一些國家，人民住在山上森林周圍或森林裡，沒有現代化的設備，公有林或一些私有林會容許民眾進入森林撿拾枯枝落葉，或地主疏伐後給居民當作日常生活的燃料；民眾則以看守森林、防止盜伐作為回報。在不破壞森林生態的原則下，各取所需、互蒙其利，這就是社區林業（Social Forestry）的雛型。

社區林業即指社區取向的林業經營，讓社區參與森林經營，從中獲取森林生態服務的好處，其主要核心在於社區居民自發性的參與行動，維護森林及其週邊的社區，而能互蒙其利（Benefit Sharing）；強調以社區爲基礎的、永續性的經營理念，現已成爲世界各國林業經營的新趨勢。

台灣土地寸土寸金，百分之六十是國有林，私人林地少見；國有林考慮的是全民的利益。因此社區林業多半是由政府發動，鼓勵或委託民間社區組織參與。換句話說，台灣的社區林業，是建立森林周邊的社區生態服務系，也交換人民巡守、維護森林的好處。

過程中，強調居民參與的機制，居民因爲對附近的環境熟悉、了解森林與當地互動所累積的人文厚度，因此可以提供意見，雖然最後的決策者在於管理機關，但決策過程應傾聽居民的聲音、進行溝通，並適度採納民眾意見；同時管理機關與社區民眾也應積極分

享知識和資源，共同承擔、執行森林經營的責任和義務，以維護彼此最佳利益。（趙榮台博士口述，廖靜蕙整理）

【都市護樹之必要】

「熱島效應」指大城市特殊的氣候現象，無論從早上到日落以後，城市氣溫都比郊區來得高；最明顯的是晚上溫度增加得特別快。

台北是大盆地，原先被草原或森林植物充分覆蓋，太陽照射的熱度可透過植物根部吸水、葉面蒸發，而達到自然冷卻作用；但隨著鋼筋水泥化，植物消失了，冷卻功能也不見了，白天增加的溫度到了晚上藉由水泥建築釋放出來，使得溫度不降反升。台北東區的變化特別清楚，一九六一年台北東區都是稻田或草原，具有自然冷卻的作用，現在則皆被鋼筋水泥所替代，這也解釋何以台北都會區夜間平均增溫攝氏三度，遠高於世界平均增溫。

紓解「熱島效應」是全球各大城市致力的目標，而公園綠地具有降低都市噪音、空氣污染及高溫效應的作用。世界各大城市都努力建立「綠色城市」降溫，包括保留大面積公園綠地，藉以調節都市微氣候，並提供市民紓解壓力與休憩之用。

一項在捷克布拉格進行的研究指出，若城市綠地的物種多樣性足夠，特別是保有一些大型老樹，可以大幅促進綠地鳥類的多樣性；這可能與老樹提供更多的孔洞，讓諸如啄木鳥等鳥類築巢、昆蟲數量增多讓鳥類得以覓食有關。研究人員建議管理城市綠地時應確保樹種的多樣性，也應考量大型老樹與水源涵養所富含的珍貴價值。

「綠地蒸散作用」不但可降低都市熱島效應，森林公園的透水面積更能調節驟雨量和洪水、維持生物多樣性。小片小片的綠地，其透水、導風的效益比一整片的綠地更佳。因此，都市中多保留綠地，減少因工程需要而砍樹移樹，也能減緩熱島效應。（廖靜蕙）

本文特別感謝趙榮台博士、環保記者廖靜蕙協助

參考資料：

【樹語】
http://e-info.org.tw/node/95624

【樹冠層】
http://treefoundation.org/

【樹醫】
http://www.treehospital.com.tw/Web/Diary_News_List.asp
http://www.mingdao.edu.tw/culart/culart0704/pdf/407/9902-407-1.pdf
http://www.rhythmsmonthly.com/magazine/content/57/2/tree.htm

【樹藝】
http://www.chinaarbor.com/

【攀樹】
http://pro.udnjob.com/mag2/tool/storypage.jsp?f_ART_ID=23741

【森林生態系的功能】
http://e-info.org.tw/node/80921
http://e-info.org.tw/node/97578

【台灣的森林生態系】
http://www.nmmba.gov.tw/Education/SchoolResource/Environment08/Environment08_03

【都市護樹之必要】
http://e-info.org.tw/node/59538
http://e-info.org.tw/node/101902

聆聽樹的聲音。紙上讀書會

【心靈篇】

1你覺得種樹的男人艾爾哲阿・布非耶是個怎樣的人？你喜歡他這個人嗎？

2艾爾哲阿・布非耶持續做的事情是什麼？你覺得他做這件事情的動機是？

3你喜歡或認同艾爾哲阿・布非耶做的事情嗎？為什麼？

4艾爾哲阿・布非耶在獨子、妻子過世後，決定挽救高地上缺樹缺水的情況，你覺得在那段日子裡，他的心理轉折為何？

5艾爾哲阿・布非耶是個沉默寡言的人，卻以實際行動種出一大片森林。你如何解讀這種「沉默」的意義？你認爲「沉默」可以產生什麼能量？

6艾爾哲阿．布非耶在荒地一心一意種樹，戰爭、孤單都無法阻撓他。你認爲他堅持的動力是什麼？

7從本書中，何處可看出艾爾哲阿．布非耶所作所爲不帶私心，也不求任何回報？

8請分享你在書中看見艾爾哲阿．布非耶具有什麼樣獨特而珍貴的品格？請以原文文句佐證。

9在長達數十年的種樹生涯中，你覺得艾爾哲阿．布非耶從中得到的「幸福之道」是什麼？

10正如種樹的男人的行動，你也認爲一個人的信念與的行動，可以改變世界嗎？

【生態篇】

11為什麼艾爾哲阿．布非耶會覺得森林重要？你覺得森林重要嗎？

12艾爾哲阿．布非耶種樹以後，附近的村子和之前有什麼不一樣？為什麼會變得不同？

13人類常常被「美」所感動。而大自然就是最原始的人們美感的來源。書中描寫「人人都被這片年輕森林的健康之美蠱惑了」，你是否也曾經有過類似的經驗？

14台灣被稱為「福爾摩沙」，隱涵的意義就是「蓊鬱森林所造就的美麗之島」。你知道台灣的林相包括哪些嗎？

15你知道森林有哪些重要的功能？

16你知道近幾年台灣的森林保育，面臨哪些主要的問題？

17你的生活周遭有樹嗎？如果沒有這些樹，你覺得會有什麼不同？

18你知道台灣適合種哪些樹嗎？什麼是原生種、外來種、歸化種、入侵種？它們對森林與生態會產生什麼影響？

19台灣經常爲了開發或建設而砍樹，你覺得砍樹與護樹的主張之間，價値觀上有什麼根本的差異？

20書中描寫，一九一三年的高地上，人們彼此憎恨；然而三十年後，高地卻成爲吸引眾人定居的祥和之地。你覺得是什麼原因讓這塊土地「重生」？

【行動篇】

21作者初次見到艾爾哲阿．布非耶時，感覺他話很少、慣常獨居，但卻也感受到「他很有自信，堅定自若」。他爲何而有自信？日常生活中，做哪些事、有過怎樣的經歷可以培養及建立我們自己的自信心？

22「創造會引發一連串效應。他不在意他的行動會帶來什麼結果，他只是一意執行他的任務，想法單純。」艾爾哲阿．布非耶這樣的「一意執行」爲什麼會被作者說是不計私利？什麼樣的堅持是完成事情的要件？

23你曾經像艾爾哲阿．布非耶這樣專心致志地做一件事情嗎？是什麼事情，持續了多久？這件事情對你而言有什麼重要性？

24你心目中，有沒有哪個人物曾像艾爾哲阿．布非耶那樣，以一己之力改變大部分人的生活及思維？請舉例說明。

25為世界貢獻一己之力，需要什麼條件？例如專業的知識、熟練的技巧、樂於分享的態度、善良的心……請列舉並說明你的想法。

26多數人行善，難免都希望被人看見或肯定，或是帶有隱藏的目的。你認為這一點需要突破嗎？如何突破？突破之後會有什麼不同？

27持久的奉獻，一般人很難做到。我們若願意去做一件好事，當看起來沒什麼進展時，多半會失去初心而放棄。如何讓自己堅持下去？

28盡一點綿薄之力，讓這個世界更美好，這無所求的心態也是自己快樂幸福之道，利人又利己。你同意這樣的說法嗎？

29如果讓你爲這個世界做一件事而不求立即回報，你會想做什麼呢？種樹嗎？還是創立一所學校、寫一本書、發明一種新的藥物……爲什麼？

30這個世界的問題層出不窮，很像書中一開始描寫的：缺少樹的世界，沒有心靈的滋潤；然而，當種了樹之後，所有的美好都慢慢接著出現了。我們每個人可以爲這個世界種下什麼「樹」，讓它更美好？

種樹的男人【暢銷心靈經典・木刻版畫珍藏版】

L'homme qui plantait des arbres

作　　者	讓・紀沃諾 Jean Giono
繪　　者	麥克爾・馬可帝 Michael McCurdy
譯　　者	邱瑞鑾
封面設計	呂德芬
內頁排版	高巧怡
行銷企劃	林瑀、陳慧敏
行銷統籌	駱漢琦
業務發行	邱紹溢
營運顧問	郭其彬
果力總編	蔣慧仙
漫遊者總編	李亞南
出　　版	果力文化/漫遊者文化事業股份有限公司
地　　址	台北市松山區復興北路331號4樓
電　　話	(02) 2715-2022
傳　　真	(02) 2715-2021
服務信箱	service@azothbooks.com
網路書店	www.azothbooks.com
果力臉書	www.facebook.com/revealbooks
漫遊者臉書	www.facebook.com/azothbooks.read
營運統籌	大雁文化事業股份有限公司
地　　址	台北市松山區復興北路333號11樓之4
劃撥帳號	50022001
戶　　名	漫遊者文化事業股份有限公司
二版一刷	2022年4月
定　　價	台幣240元

ISBN　978-626-95570-4-2

國家圖書館出版品預行編目(CIP)資料

種樹的男人/讓.紀沃諾(Jean Giono)著；邱瑞鑾譯.
-- 初版. -- 臺北市：果力文化, 漫遊者文化事業股份有限公司出版：大雁文化事業股份有限公司發行,
2022.04
96面；15x21　公分
木刻版畫珍藏版
譯自：L'homme qui plantait des arbres
ISBN 978-626-95570-4-2(平裝)
876.57　　111004844